眾樹歌唱

蓉子人文山水詩粹

蓉子 著

前　言

大自然是人類的原鄉，是人類永恆寧靜的家園。一旦和它隔離，便有了一份隱隱的鄉愁，一種失落了「桃花源」的惆悵。因我們原本就是大自然的一部分。當我們來到今日後工業社會，濃密的水泥森林緊緊圍困我們，使我們的身、心靈被束縛得很難自由舒展。我突然想到廿世紀下半葉旅遊業開始蓬勃起來，不分男女老幼，只要有機會都會隨團在國內甚至出國旅遊。說得誇張一點，那時旅遊似已蔚為一片全民旅遊的景象了！（目前因經濟不景氣，情況似有所改變。）這也許是我輩對日常生活中久違了的大自然的一種補償作用吧！

從小就喜愛美麗的大自然，喜歡那披滿了綠葉挺立在大地原野上的眾樹，也曾幻想長大後做一個環遊世界的旅行家哩！且摘錄我一首未收在本集中題為〈綠色大地森林之歌〉長詩中的幾句為例：

眾花耀眼／從綠開始
——這大地主宰給予世人最初的衣履

以九重葛做寬厚的棚頂
當夏日成串成簇的阿勃勃花
富貴金黃／一切便煥然起來

軟化了都市／軟化了都市的硬心腸

讓七里香殷殷送我們走出家園
隨著小草輕盈的步履走向天涯
（因它們是名符其實的世界公民）
而無遠弗屆

我雖然成長在都市裡；但生來與大自然有著一份情。自然界中的各種現象事物，恆常吸引我的興趣和關注，也自然而然地成為我寫作的材料。

記起著名的九葉派女詩人鄭敏教授說過：「詩是詩人和自然撞擊中留下的踪迹。」大自然包容甚廣，無論是山川地貌、森林原野、蟲鳴鳥唱、花香草長……包容繁富，且形貌千變萬化。它早就存在著。倘若我們不走近它、去認識它、用心體驗並發現大自然的奧秘。物色雖博大；而物是物，我是我，兩者沒有交集。當詩人寄情於山水自然時，要能「和草木通情愫，和花鳥共哀樂」。換言之：當詩人的感覺、思想、意念和自然撞擊後，當有意在言外，超出「物」本身更引人的境界，讓讀者獲得一份美的滿足而後已。此話說來容易，實不簡單，因為詩的結構乃所有文體中最嚴密的，特別在寫山水紀遊詩時，縱使詩中高手，稍一鬆弛，也會有落入散文化之虞。因散文可以從容地敘述舖陳；而詩貴含蓄、委婉、精鍊。

由於自身條件所限，做不成旅行家；但和山川、人文、美景，仍有幾分不解的緣份。其間除了在台灣本島和外島旅遊外，一九六五年初夏，有機會開始踏出國門，應大韓民國文化出版社之邀，和前輩作家謝冰瑩先生、散文名家潘琦君女士三人，以中華民國女作家身份前往作了十天的訪問。回來休息了一個多星期，又束裝赴馬尼拉講學。初次密切地接觸到兩國不同的民族性和文化背景，留下很深的印象。此後陸陸續續赴美東、印度和土耳其等國開會；參加一藝術訪問團赴英、法、德、意、西班牙、奧地利及瑞士等國參觀訪問了整整一個月，回來後出版了一本《歐遊手記》。另一次則應太平洋文化基金會之邀，參加「中華民國作家、學人蘇聯東歐文化訪問團」遠赴莫斯科、聖彼得堡（當時稱為列寧格勒）、東西柏林以及捷克、波蘭、匈牙利等東歐國家的大城市訪問。也曾到中東的以色列朝聖，順道參觀埃及的金字塔和獅身人面像。應邀去泰國和馬來西亞演講，去新加坡開會和到文明古國希臘與印尼的巴里島作純旅遊。又多次過境香港並在政府對大陸開放後回去探親。還在美國中西部愛荷華城停留了整整三個月。說真的，青壯年時期，因有充份的精神和體力，每當有任何旅行機會，我可以立刻放下一切，提起簡單的行李上路，心中充滿探索遠方山川景物、歷史文化的期待，因為知道它們將帶給我豐富的感受和創造的動力。想不到數年前動過一次癌症手術後，體力大不如前，加上膝蓋無力，已不利於旅遊。想到世界各地尚有一些未曾去過的景點，只有空自悵望而無法踐履了！然而退一步想：幸而在早年身體健康時曾經抓住機會走訪過一些國家，寫成了一些詩（也有不少資料未用來寫詩而寫成散文遊記）。現在將這些年間陸陸續續所寫而散居在不同詩集中有關的山水自然詩，加上部分尚未結集的新作，交付著名的萬卷樓圖書公司出版，作為我和大自然長久以來「撞擊」後留下的一份回憶中珍貴的履痕。且以「眾樹歌唱」之名命名它。收入六十五首詩，分屬〈林芙之願〉、〈山的容顏〉、〈水的手姿〉、〈神州之旅〉、〈南洋彩色〉、〈北美洲的天空〉以及〈水流花放〉等共十五卷。稍感遺憾的是，為尊重別家出版社版權的緣故，我早先所寫一組共十四首〈寶島風光組曲〉和訪韓回來後所寫的十二首訪韓詩抄，均無法收進這本選集裡，以致讀者們無法一窺我「山水詩」的全貌。這點只有寄望他日有出全集的機會了！

蓉子

2006.3.10

目次

【卷四】非詩的禮讚

【卷五】香江海色

【卷六】神州之旅

【卷十】伸入沙漠黃昏的路

【卷十一】北美洲的天空

【卷十二】維尼斯波光

【卷十三】月之初旅

【卷十四】蟲、魚、鳥、獸的世界

【卷十五】水流花放

【卷一】

林芙之願

林芙之願

阿爾伐
讓我們走吧！
我是倦怠，倦怠了
倦於這喧嚷的荒原

鳥鳴啁噍
我底友人們在呼喚
原屬於林，原屬於湖
原屬於紫色苜蓿田的生命在呼喚！

塵世之聲是不能關閉的
一些猖披的顏色
總是無理地取鬧　在市廛

如果在林中　在孤獨的小山旁
一切都會遙遠
沁冷的湖水會吸盡燥熱和音塵
照出我昔日清新的短髮

阿爾伐

讓我們急起直追吧！

鄉愁濃了

風籟水聲的琴藝久久地荒蕪了！

一九六一年七月

沉默的輝煌

滿山遍野
滿坑滿谷不知名的小白花
伴著婆娑的綠意
遍布高速國道的兩旁
春水漫汗……

行人走過　多半
不知道她們的名字　縱然
最敏慧的記者　也不曾
稍許報導過她們的存在
只為了她們單薄清純的身世

怡然地綻放在郊野
不喧嚷也不懂得都市的憂鬱
只頻頻減輕行旅的疲勞和寂寞
啊！她們擁有的是沉默的輝煌
即使不留下名字又何妨

一九八六年二月《婦女雜誌》

七月的南方

從此向南——
從都市灰冷建築物的陰暗
繞過鳥聲悠長的迴廊
南方喚我！
以一種澄澈的音響
以華美無比的金陽
以青青的豐澤和
它多彩情的名字。

去到南方的柔美
去到那不住召喚我、吸引我的嫵媚
靈魂的方向從記憶中升起
翠嶺遠映低迴
蔦蘿向南方纏繞
群鳥向南方展翼
一種古老的願望奇異的豐寧
我夢的雨樹郡！

我的小園沉冷已久

長年掩覆於深深啞默
每一扇窗都封鎖著冷寒和岑寂
到晴朗的南方去
七月蔭穠葉密
我鬱鬱的夢魂日夜縈戀
如斯不可企及的豐盈！

讓陽光鋪路　推開這雲濃霧重
讓陽光為我鋪橙紅金黃的羊毛氈直到南方
我便去追蹤、追蹤他暖暖的足跡
去探詢靈魂成熟的豐盈！

綠色乃是一種無比的豐衍
不斷地從它的本質再生出來
又迅速地漾蕩開去……
無限的蒨茂中含蘊著無盡的生命
有些柔媚、有些濃密、有些蒼勁
而自由舒卷的葉子們如密密的雨
正竊竊地低訴南方的艷美

青枝若夢
青枝以夢姿伸向遠方
因茂密而刻刻滴翠……

空氣中正流佈鬱熱的芳馨
小樹盡如花嫁時的衣飾
繁柯因不勝美的負荷而低垂
啊！一片彩色的投影一種無比的光艷以及
隱藏在叢綠深處的歡美

看踴躍葉子的海
光輝金陽的海
對於棲留在灰暗中的心是無比的歡悅
對於習慣於冷漠單調的眼睛乃彩色的盛宴

到處是引蔓的繁縷　喧噪的地丁
紫色桃色的矢車菊
燃燒的薔薇
傾陽的向日葵　金紅鵝黃的美人蕉
而夏正在榴火的艷陽中行進
在鳳凰木熊熊的火焰中燃燒

到光艷的南方去
看顏色們朗笑著　繁英將美呈現
為淺紅的桃金孃　深紅的太陽花
似軟鐲的牽牛黃　丁香紫　石竹白
綠微紫色的風信子　七彩的剪絨

而百合灑繞層層輕紗
牡丹擁無數華貴意象
一片冶艷繁華

我便用這一叢叢綠　一朵朵紅花燃耀
一季節的光影彩虹
來描摹南方
描繪它悅人的形象

你綠色的蹊徑一片深色寧靜的覆蔭
你光輝的園子　無比芬風香海
為各種花神所居住的
鳥在光波中划泳
樹在光波中凝定
椰子樹的巨幹靜靜地支撐南方無柱的蒼穹
古老桐的身上現出野獸的紋斑
松果緩緩地跌落在寂謐的苔蘚上
像是幸福的凝滴……

而艷陽熊熊的火焰正點熾
這是宇宙不熄之火
是成熟的豐饒姊妹
使空氣裡溢滿了成熟的香氣——

溢自陽光的金杯；
更用它鮮明的油彩到處塗繪
塗繪在林葉、河水、原野、山嶺
使一切都燦爛燿熠

這是南方美麗的成熟季
七月的門鈴擦得很響亮
光彩迷魅似無數華麗的孔雀羽
陽光用七弦金琴演奏
演奏於綠色發光的草原
如群雀歡噪在南方
——在如染的南方
七月不停地變換它彩色的裙裾
它如虹的笑靨
彤雲與果寶也刻刻在變化
我慵慵的灰衣遂也侵染了南方的繽紛
南方的華麗！

一九六〇年十一月一日《文壇》

旭海草原

再一次去到南方的南方
——到島的盡頭
歲月急速流逝　拍岸驚濤
在春天快要過盡的時候

當紛至沓來的風的素髮飛揚
攀登復攀登　草原在山中
草原以她富有魅力的名字召喚
我以夢中的青吟回應

相信那是一片華麗的草原
有媲美腳下太平洋重瓣浪花的闊綽
策藜杖以對抗山徑道上的鵝卵石
從而彳亍於不能停步的崎嶇

用一整座海的大臉張望
從銀亮的沙灘到張開耳朵的貝殼
他們全都引領瞻望
不見半隻牛羊

旭海草原的黃金路線
只是一隻尚未成熟的南瓜

一九九六年六月十一日《聯合報》

一九九六年七月十七日美國《世界日報》

茶與同情

一株茶樹的生長　也像
一個人的成長　時日漫長又多
困厄　因為
茶樹也會生病　像紅藻病
黑痣病和絞肌病　卻以
枝枯病為害最烈　似
茶樹的癌症　一旦感染
主枝導管等被破壞　由上而下
枝枯葉落……

當春雨綿綿　一片
潮濕陰晦　又以
茶樹餅病　網餅病為害最烈
那時候要讓日照和良好的
通風去解救　正如
人類的遭遇　除了改善
環境　還需藥物

防治。　就別歎命途多舛

別說你是弱者　我輩能
生存迄今　便已經過了
千挑萬選　是
物競天擇下的
幸遇

詩人更像一株樹　也免不了
蟲的齧咬
心的旱涸
風的搥擊　以及
戕害性靈的一些病原菌的侵襲
（卻無園丁　或
心靈的大夫能照顧他們）

當一群農業技士正孜孜矻矻　為育成
優良的茶種而努力　而代復一代
有仁心仁術的大夫不辭辛勞為患者服務
只有　啊，詩人最無告
他們必須是挺拔的樹又是殷殷的啄木鳥
是自備糧草向理想進軍的戰士
萬一受傷要懂得自我看護和醫治
——也許一杯香醇的茶　在紛冗中
能帶給他們些許寧靜的慰藉。

一九八一年二月《現代文學》

【卷二】

山的容顏

山

大地平和而親切
一旦聳拔為山嶺　即成威儀的絕美

春山是嫵媚的
青嶺翠岡的綠　泥土穩健的棕
陽光　樹木　礦藏和充沛的雨
一座山就是一座豐富的寶庫
行走其上　沿著一條白色閃光的小徑
直上絕頂　凡人便有了神族的步姿

時光冉冉移步　潺潺的江水東流
當無邊的蔥翠急速隱去
嵯峨的群峰已白頭　遠遠地
將雲和海都留在腳下
群樹一齊在雲海的彼岸仰望
迎向您的巍峨！
（而悠悠天地間
高處不勝寒）

一九八七年七月十五日收入漢光文庫《鏡頭中的新詩》

遠上寒山石徑斜

——太平山原始森林之旅

邁出了台北盆地的鼎沸和雜遝
去訪清涼有勁的山林夢土　面向
東北方藍色水晶的天幕
重巒疊嶂只是銀幕上一些美麗的弧
雪峰雲海　沉沉蒼翠
招你去覲一冷峻的哲人容顏
穿過相思樹、桂竹與木樟的芬芳社區
清新的綠澤源遠流長
任青石長階刻刻提升你的高度
直上千年時光中的原始歲月

紅檜、扁柏、台灣杉森森地列著
沉靜地等待有緣的知音去訪
而每一株挺立的樹　各自擁有
屬於自身的一方藍天　一塊泥土
卻又相互牽攜　在林地盤根錯節
譜成大森林聚落和諧雄渾的樂章

而歷史的冰寒　突然在一片
迎向我們的彤紅的陽光裡銷鎔
數著為喜悅磨亮的小徑進入深山
尋見了得天獨厚未受污染的世外桃源

山中無歲月的驚詫　交替的晨昏中
樹族也有他們自己的倫理　此間
不宜人類獨居　縱使黑髮坐成白髮
仍然是山的異質年少

旭日與晚霞　璀璨的星光與月華
為山中的寂靜點燃了紅妝
滿目蒼翠勁挺的林相中
鳥鳴清冷如雨點　宿過了寒冷夜色
清晨起來看山　驚見對面的大雪山
已因昨夜的雪意而白頭

從美麗的山莊環視　突見山林溪谷
被蒙上了一層神秘面紗　腳下便湧起
乳白色的雲海蒼茫　啊！氣象萬千
高山仰止　非跼促的都市人所能想望

一九九二年三月十二日《中華日報》

獅頭山

就這樣　我們結伴
進山去　踏響
古意斑剝的千階
（在楓紅早就染透了故土的十一月天）
一步一登臨
任涼風吹散我們胸中點點雲翳
就像秋空逐漸澄明

彎彎的山道
小小的似乎無盡的石級
伴著細雨　直通向望月亭

我們陡峭地上升
直升到此山峰極處
——獅尾峰之巔

比丘尼
寒山寺
淡雲輕風

鐘聲響遍山谷　從
百尺高的浮屠
古稀之寺廟

走不盡的小徑岩洞與禪寺
盈滿香煙霧靄
此來非為禮佛或參禪
淡淡的喜悅就像在夢裡

等走到山盡頭
撐起了水的簾子
隔絕了塵俗
啊！天更高　雲更瘦　涼風洌似酒

火炎山

——高速國道旁的司芬克斯

褐黃色的皮膚　冷峻的容貌
一個碩大的影子掠過我車窗
——當我奔馳在南北高速國道線上
留下惡地夢魘般的驚疑

曾經往復奔馳在那溫柔的「牛奶路」
馳騁在多少人戮力織就的整疋絲綢
見你蹲踞在路邊
守候著要津　似謎樣的司芬克斯

謎樣的司芬克斯
從難測的時間深谷　你走來
盲睛中隱藏著萬世的秘辛
——已無人能夠理解

臆百萬年前牠所俯瞰的
該是怎樣的一座世界？　宇宙洪荒
那時歷史的黑絨幕還不曾拉開

我們最偉大的民族英雄尚未誕生

火劫的昨日啊
——那漫長艱辛的鑄造過程
粗重的雷擊電鞭　以及
排山倒海的奔騰濁浪　構成

今天的你　怪異的面孔
頑石的意志　一身百孔千瘡的崎嶇
披一頭原始林木的髮式
心中有重重的塊壘待伸

歷盡了世紀深山無人可與語的寂寞
你已徹底忘記怎樣和人類交談
面對二十世紀吾輩富庶的家園
頻用詭異的白眼窺伺下方的行人

而原野阡陌縱橫　城鎮星羅棋布
大安溪在腳下蜿蜒流入海洋
高速公路像一條伸入雲霧中的銀河
南來北往的車輛確似那過不盡的千帆

漠然於人間的悲喜、禍福、休咎

蹲踞如一頭醜陋的豹　且肯定自己
以從不疲憊的巍峨　毅然走出深山
作為遠古深邃時間中僅有的證物

註：火炎山為本省一奇景。位於三義與后里間的高速國道旁。這山岡形貌奇特，遠看像一堆熊熊的火焰；近看則似一座高聳不毛的紅色沙漠，予人微微悸慄的感覺。據地質學家探測的結果，火炎山形成於約一百萬年前，也就是說它已存在了一萬個世紀之久，真讓生命短促的人類感到不可思議。

一九八五年元月五日《藍星詩刊》第二號

櫻花薄霧外的山水盛宴

——花季探陽明山國家公園之祕

讓眾山的高情牽引你
別一徑在這南側河谷區[註]徘徊　重複
杜鵑花的傻笑和櫻花悽楚的淚
美不能久留
花轉眼凋寂。

穿錦衣的五色鳥在深山呼喚　邀你
去覲眾山的巍峨　仰之彌高
——這經由百萬年方雕成的形貌
要一層層將山的面罩揭開
她會予你驚喜無限　縱需跋涉流汗。

山中氣象萬千　朝晴夕陰
面天山林木蓊翳　老籐糾結
大尖山氣勢渾圓而外形尖聳
磺嘴山有最寬廣的額頭　洋溢神話的
七星山是台北盆地的精神象徵

而山水常相倚　看南磺溪　北磺溪
瑪鍊溪……自大屯火山群彙中心
樹枝般向四方輻射　湍急的流程
高峻的源頭　形成多姿的峽谷瀑布
絹絲、楓林、崩石……是它們的名字。

此間林相豐富　野生動物滋殖
亞熱帶的雨林茂密　陡峭的山谷
為暖溫帶常綠闊葉林的國度
高草原係箭竹族群的疆土　火山熱霧
蒸騰著的斜坡則踴躍著芒草的銀浪

四時奇葩異卉　秋來楓紅層層
鐘萼木　四照花　昆欄樹……
是花鳥蝴蝶的大家園　麗日晴空下
有鳳蝶麝香等五十種蝶族在此展舞
山頂青蒼平台為賞鳥人最佳座席

十二月青楓換上深紅或橙紅色衣裝
欲與那冬陽爭輝　這刻山區沉寂
要等冬雨斂息　紅楠啟開春的序幕
華八仙如粉蝶拍翅　杜鵑花再度
大紅特紅　便是人們所熟悉的花季

而野牡丹　水鴨腳和秋海棠　乃
七月的主角　加上野鴉椿的紅果實
山區之夏是艷紅又獷野的　而
這整座美麗的大公園　竟安坐於
由廿座火山所組成的核心地　宛如

一則令人難以置信的神話
經過數百萬年前熾烈的火浴洗禮
出落得如此標準完美的火山錐體
那久遠前火山活動後的殘留地熱
形成今日一處處可親可炙的溫泉

當噴射烈焰融漿的山頂窪地　竟然
轉化成一泓寧謐的湖泊
更擁有極珍貴的植物沉水族群——
夢幻湖的台灣水韭　啊、是一隻候鳥
不悉於何年從何地啣來的一株瑤草！

此間果然為我們保存了一山奧義
饜都會子民以豐美的山水盛宴
為吾儕世居的大地留一片無慾淨土
當人們正欲去探那詭譎的風雲奧祕

白紗輕綢重又張起掩住了山的真貌

註：「南側河谷區」為每年花季遊人最熟識的後山公園那一帶。其實它只佔整座「陽明山公園」幾十分之一而已，由此可知整座園區內容豐富與博大了。

一九八九年二月二十六日《聯合報》

【卷三】

水的丰姿

水的影子

從陰鬱的林木，
　從睡眠的湖水，
從幽涼的石上，
　你——
悄悄地，
　悄悄地，
掠過去。
鳥不知曉！
　魚不知覺！
我徒然貼我的耳朵在
　小草的胸前。
等時間似數不清的
　鳥的翅膀拍過去後……
我忽然從那些
　屬於往昔的紅牆上，
看到你掠過後、
　所留下的一首
蒼鬱而悲涼的詩，
　遽知你曾經滄海！

一九五二年二月二十五日《新詩週刊》

湖上・湖上

（讓我們為裸裎裼的夏
尋一片葉蔭　躲避六月燃燒的雲朵
展露花葉和蓮的香氣）

有一片葉子在飄蕩
有一片雲影在湖上
你動盪在水上

讓我們划湖去　展開層層波瀾
把夏的濃紅滌洗
當我們划近藍色的海洋

濃紅的火焰似玫瑰
燃燒在陸上
讓我們划湖去　去掬冷冽的波光

當夏的火焰熊熊地燃著
靈魂的沃土被擱置著
讓我們急速躲進林蔭　於樹的葱翠年華

遠離玫瑰、玫瑰灼人的火光

甚麼能使你起飲的感覺的
源於翠青的山岡　隱秘之泉
——永勿遠離青青濤光裡的冷涼啊！

暴雨沁涼
夏如盛唐花苑瞬將凋寂
讓我們划湖去　划湖去
聽浪濯輕沙，驅盡了今夏。

明滅的燈花在林中
釀一壺斑爛的星光在湖上
讓我們划開晚風　划盡暮色

因夏不久就要從湖上消褪
如湍急的湖水流過鵝卵石上
——你要急速將水聲把捉
當涼風起自九月的湖水
槳聲如驚雁飛散

一條河

一條河　一脈美的流動
一幅湛藍愉悅的姿容
——當她舒適地向前奔跑
便源源福澤兩岸生靈

曾經　基隆河也是：
透亮的臉反映出天光雲影
哺育了麥苗與稻穗　也滋澤
城市居民的心田　傲然地
穿越兩個都市的富庶與輝煌

啊，城市富庶了　居民並不心存感念
竟漠視這條河長年長日的奔勞　以及
她千曲紆迴的愁腸　不僅不善待她
還縱情恣意地向她需索

回報她以不斷污損與傷害：
食物的糟粕　慾望的殘渣
斗量車載的廢泥和整個城市的垃圾

基隆河患了嚴重的消化不良症
在人性貪婪的泥稠中　舉步維艱

她美麗的面容從此泛黃變黑
人們卻越發地予取予求　不斷地
驅策那鋼骨水泥的群獸　頻頻
吞噬河床的身軀　基隆河一天天消瘦

突然　她沉積已久的憂傷猛地
轉成忿怒　不再心存憐憫
對大地和生靈。　藉著「淋恩」的翅膀
進行反撲　以數不清驟雨的長鞭
狠狠地棒喝著世人的不仁和自私

大河用兩倍於自身的水　痛痛快快
沖洗為貪慾污染了的大地　舉手間
她推倒隄防　淹沒農田　步上街市
闖進民宅　且快步登樓……

一條原本仁澤的河　已被逼得瘋狂
當大自然反撲　藐小的人如何抗衡?!
且讓我們以懺悔的心為她療傷　細心
照料她復健　或能免除更重的天譴！

附註：「基隆河」現已大刀闊斧地在整治中。

一九八六年四月《藍星》詩刊

出海

引向神秘的海
你千萬隻眼睛的夜
我們船的新嫁娘已經戴上輕輕面紗
在左右燈塔伴娘的指引下
緩緩地出海去……

緩緩地出海去　離開這污濁的港
去採海的珠貝　去探夢的雲天
去向無邊的未來！

看燈光急速地打著旗語
顯示海等待的焦心
「你當用欣悅注視
我漸近的步履」　她說：
踴躍在海深心
　　　　　　　　就這樣
我們船的新娘
駛向那波瀾壯闊的海洋！

海語

你聽見晚風和波濤的對語？
在藍寶石的海洋
紛陳的百合蕊中：

話雲的飛揚　星的亮滅
雨的繁英；
訪魚的睡姿　貝殼的夢囈
和你孤獨時的足音。

而潮汐升降　星沉月晦
話暴風雨時節
海燕的勇敢和悽愴

夜語在二月的深海
珊瑚在海底摒息
松風在岸邊假寐
你聽見他們的對話
是戰爭？還是玫瑰！

一九六二年初春

海戀

在大千宇宙中
他有一小千宇宙　在神奇的海洋

在神奇的海洋
他像神　在碧波之上

他叩門無應　在陸地
他叩門而無回響
（城市有複沓的音響）

我曾是過客　在海上
是節日中的嘉賓　在美麗的海洋
陽光在海洋　洗淨沮喪的低氣壓
化為玫瑰重重的流蘇……

淹留在乾旱的陸地
我凡庸而疲憊　在狹隘的城池

啊！在無花朵的城市　怠倦的城市

任綠意凋零至於枯竭
帆檣無聲的廢棄。

一九六二年

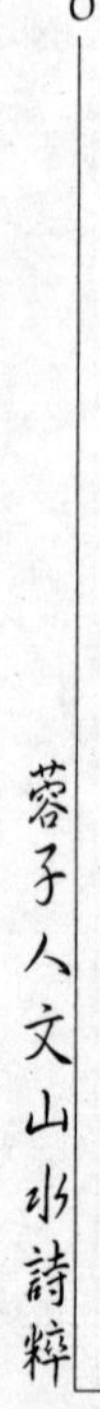

海無遺跡

不再有那樣熱鬧的艤集了
節日之會聚
偶然著陸的貝殼又都返回了海水
船舶　永不碰撞
海洋　永無損傷

星光依然照耀在明天
在古典的山岡
當你海航

你不曾加海港以任何毀傷
也沒有共同海損可以計算
此刻唯寂默向岸
海無遺跡。

【卷四】

非詩的禮讚

非詩的禮讚

一

當我們走過煙雲
才知道山水無垠；
當我們踏響山河之美
自已也成為其中美麗的一點。

二

仰首插壁的雲天
在剪紙飛翔的燕子口，
啊，曾經為它們而歌
驚嘆那兒的神秀。

三

一條路蜿蜒在峻嶺高山，
一片美景展開在路中間，
——曾經為他們而歌
我歌那鬼斧神工的手！

四

林木真美　清歌宛轉

連最好的詩人也比不上它們的丰姿。

四時鮮果從荊棘中長出

荒山野叢從此變成了伊甸園！

註：上月參加行政院新聞局邀組的「作家經建訪問團」，與一干文友，先赴花蓮，參觀輔導會大理石工廠，次日穿越中部橫貫公路，曾在燕子口停留，並訪問位於梨山山頂的福壽山農場。一路上飽飫風景人情之美，以及榮民弟兄們胼手胝足參與國家經濟建設的貢獻，衷心感佩不已。歸來後，謹以「非詩的禮讚」一束，作為我粗淺的獻禮。

一九八二年十一月十八日《仕女雜誌》

走進太魯閣

高山是大河的源頭
——山水常依偎
立霧溪從奇萊山中蜿蜒流出
切割山稜成深邃神祕的峽谷

峰巒萬年聳立
險峻而氣象萬千　以厚層大理石岩
片麻岩　石英岩　層層摺疊的美
構築我們大斧劈的傲人山水

倘你有硬朗的膝蓋
何妨沿著山壁的天梯緩緩攀升
你將經歷從低海拔亞熱帶的闊葉林
到高寒地帶的冷杉林和箭竹原

更有那中間地區的霧林帶
雲霧飄渺　涼風吹來　舒適而怡人
此間生長有高大挺拔的二葉松
雲杉　鐵杉　青剛櫟和掌葉槭

這眾多美麗豐繁的綠意
讓多少飛禽走獸賴以生息
我聽到小雨燕和烏頭翁悅耳的鳥語
蜜蜂和蝴蝶羽衣蹁躚

我看到綠繡眼在槭樹上留下空巢
不知去向何方　令人惆悵
我在山徑偶然和飛鼠、獼猴相遇
何以改變了？　山的沉穩　水的柔媚

我們只有選擇那陽光笑容燦爛時造訪
而在陰沉壞脾氣的天氣遠離
唯恐暴怒中他用巨石砸我、傷我
——當山林的水土流失已久！

二〇〇五年七月廿日晨作

二〇〇五年九月發表於《創世紀詩雜誌》144期

薄紫色的秋天

一任秋吟
有人遠遠地看它雲淡風輕
有人近近地看它早已被夏燒成了枯枝

車過長夏的福隆海岸
海水淡青薄紫
礁岩聳立

我見秋山多嫵媚
暖而不灼的陽光
緩緩地滲出生命內裡的歡悅

而高處是泊淡的雲天
透明中帶紫　何須修飾？
秋意本天成

一九八〇年十二月八日《聯合報》

佳洛水

驚濤不住地拍擊著岸涯
這海角的晨昏不斷交替
那群羊不斷嬉戲不知有多少個世紀
啊，多少被遺忘了的世紀
任海神遨遊獨享那寧靜樂趣

突然有來自都市裡的「外星人」侵入
揭開了這兒長久被忽視的美和神秘
哪，海岸迤邐而長　斑剝的巨岩遍海灘
幾疑岩石們就是這海角的居民
經歷世紀的風霜　看盡人世滄桑……

而岩石依然屬沉默的世家　不欲多言
依舊是海神迷人的夢囈
夢和長壽的海龜與灰色的浣熊嬉戲
唯世人卻像浪花樣前仆後繼
面向嚴肅的生、死。

一九七九年七月十五日《秋水詩刊》

海上生明月

——側記金門詩酒文化節

嘆都市的月望因風因雨而失去蹤影
到遼闊的海上去
海上月正圓

大海澎湃
波濤中翻湧著月色嫵媚的姿影
她的本體正臨瞰且輝煌了整座島嶼

曾是礮雨滾塵的災難戰場
突然轉化為一座蔥翠的海上花園
寧非奇蹟!?

於是我們前往　用詩情酒意
慶賀月的華宴　島的盛事
兩岸焰火更爭奇鬥豔欲和月光媲美

皎潔的明月在高天

近悅遠來的友情在島上

孤寂的靈思在心頭

回去臺北

回去臺北　回去
那曾經使我喜　令我悲
讓我勞累　甚至
叫我氣惱的城。

臺北——
曾經那兒的陽光　是
萬里晴朗的海　於少年時光
為它　我捉住了幾許
美妙　在「七月的南方」。①

啊！雨點打落在芭蕉葉上　此刻
我聞見一片悠揚的芬芳
喚起了我底懷念　我要
回去了

意識的手便迅速推開此間
人雜市鬧的旺角②　和
維多利亞海峽③不安的月光

回我卅多年的居地。

註：①「七月的南方」是我十多本詩集中的第二本詩集，出版於民國五十年，現已絕版。

②旺角，位在九龍北端，是人口最密集的鬧市。

③維多利亞海，為介於香港與九龍之間的著名海港，有渡輪往返兩者間，現已有海底隧道相通。

一九八四年十二月十一日《中央日報》

【卷五】

香江海色

香江海色

神秘的海　經過
蔚藍如畫海水不斷洗刷衝擊
宛如海市唇樓從海霧中映現
一個多世紀前的海岬荒村
竟然蛻變為名聞全球的大商港
奔騰著現代的海濤和陽光
自晨迄暮　明珠不停地變幻色澤
夜色來臨　兩岸浮現璀璨的燈火叢林

海是泉源
四通八達的海水養育滋澤著她底生命
矗立在兩岸日益稠密的高樓
凝聚成這座奇異繁富的城
結成了這枚碩大多漿的商業果實
一片自由開放的水域
海上有多采多姿的航程

輕舟如夢輕盪著微波　快艇衝浪
看水翼船捲浪行　更有

十九世紀的帆影飄揚在廿世紀的海面
水上有川流不息的貨櫃與巨艦
每一種船隻都有自己的航程
只有「珍珠舫」巨廈般坐鎮海上
載滿了富商大賈祭五臟廟的水族珍寶——
相對那小小「船屋」中勤勞的水上人家

港是富足且驕傲的母親
頻頻地揮舞她白色的手臂
招呼船隻的遊子來她臂灣暫時憩息
——縱有部分暫時停下了步姿身影
而大多數並不停留　只當經過她身旁時
遠遠地向母親揮一揮手
便又繼續他們遨遊七海的美夢

夜已來臨
海在斜月的窗外　奔騰澎湃
——多少寂寞無人理睬
只有稀朗的漁火點點映照水上水下
然後海像一座黑屏風壁立著
吞盡了所有光和影
我便落入深深夢魘
甚至不敢掀開窗帘看那濃稠深黑的海

斗轉參橫
當雲天的吸墨紙緩緩吸去了墨色
海遂淡褪為一整疋暗花灰綢
啊，世界舞臺上的佈景將換新
當白晝煥然昇起
陽光的碎金灑落在海水之上
也劃破海上的寂靜
眾多船隻又從各方海面凝聚過來
如同人們奮力地營生！

一九八六年四月十四日《中央日報》

鹽竈下

避開了沙頭角
馳上了鹿頸道
——船灣裡邊
群山之間

我們四個
面對大自然而坐
大自然便用其豐盛的佳肴宴饗我們
紅樹林　綠水　青山　白鷺洲……

正欣賞一群白鷺悠然自得的美麗神態
正凝視一隻白鷺坐禪似的坐在水鏡中
背後有動力機械文明的群獸呼嘯而過
啊，風馳電掣地踩過我們的脊梁！

怎能安心面對這被攪擾的美麗？
在古昔與現代夾縫的危岩
腳下的豐澤已乾涸
我們所面對的不是瀲灩而是泥濘

正擬向更遠的山林撤退
摩托車　小轎車　小巴士……
——所有機械文明的力道
早已搶先將人類的桃源佔領

啊！在世界各處
機械文明的霸業總是不止息地擴張
且一步一趨地直逼田園的心臟
——人類已無處逃避。

附記：年前在香港作短暫訪問，發現香港有不少極為有趣的地名，有些洋化，有些十分市井味；而上述的「鹽竈下」、「船灣」則又極為鄉土。詩中的「沙頭角」是可通往大陸的禁區，「鹿頸道」則為一條頗富詩意的羊腸小道。那天，由詩人余光中先生親自駕車陪我們作了一次新界遊，行程中包括船灣水塘堤上、鹽竈下、落馬洲等著名的風景區，同行的有余夫人咪咪和黃國彬教授。

一九八五年四月藍星詩刊「女詩人專輯」

廟街和玉

——兼致女詩人鍾玲

雖然那座廟我不曾入覲　而
整條街對我就像是鼎沸的紅塵
人們在其間鋪陳千百種營生
嘈雜　猖狂　是市井的樂園

某次我曾在附近一家廣東館啖腸粉
好奇地向店家詢問過廟街何處？
他竟回我說：不知道
——事後我方知其心似玉

其人如玉①　細緻精巧
我們終於走過廟街②　於某個白晝
為了廟街盡頭那奇麗的玉市風光
啊！碧玉似海　形質萬千

多少天光雲影無心的著色
多少日月精華有意的凝聚
刻繪成如此堅石的肌理

含蘊著這樣玉潤的美質

曾經懷抱多少故事的悲喜沉埋泥土
歷久遠方重見天日　於某種緣會中
成為我底初識　我左臂的腕釧
卻不懂得如何辨識其價值　正如

那奇妙的詩　世人對它
僅具浮雲般的概念　以為
詩只是美詞麗句　以及
潑濕了的感情

「璧不可以禦寒」　亦如
詩人不能靠詩療饑　照舊
有人沉詩　有人迷玉　只有
妳能同時將詩和玉的真偽價值辨識

註：①此處指鍾玲，她不但長於寫詩，對鑑賞古玉亦有獨到處。在香港她曾導遊我們一夥去逛玉市；她對古玉的豐富知識，令玉舖老闆都側目。

②廟街為九龍地區熱鬧的夜市場，外地人去逛，最易遭扒手扒竊。

一九八五年七月一日《中國時報》「人間副刊」

SARS後的香港

七月初的東方明珠　SARS後的香港
氣候和台北一樣酷熱　稠密的居地
高速度的節奏　窄窄的人行道
時時擔心會碰撞別人的肩胛和手臂

不景氣的是商場　物價高昂
大型展覽處所也零落
丟失了昔日的秩序和繁華

所幸那眾多的建築群
依然氣宇軒昂地站立著
在中環　海港　或其他地區
那些高高低低丰姿各別的摩天樓
總是在提升人們的美感和仰望！

突然間　詩人郎費羅的詩句掠過心頭
「時光飛逝　藝術永恆」

二〇〇三年九月卅日《藍星詩學》中秋號

【卷六】

神州之旅

曾經江南

——記暮春之旅

曾經江南　曾經年少
曾經知了　在聒噪的蟬唱之前
不作千山萬水遊　僅僅
去會晤幾座沾親帶故的舊城
婉麗的風景　瀲灩的湖水
猶有晚春的餘韻

往日的陽光　往昔的雨
幾許回憶突然走出了梧桐樹的蔭隙
追逐嬉戲　像是我少年時的身影
我癡情地要把深埋在記憶中的
一串珍愛的琥珀　掛上眼前的街頸
卻有不搭調的感覺　因時空曾斷裂

當跫音再起
我獨自擂響寒山寺的鐘聲　此處
曾經茶香氤氳　一長疋絲綢貼身爽
曾經歲月煎熬　有一些陌生的苦澀

只因緣識了幾位好的旅伴　此行
遂有了一帆風順的喜悅

一九九五年十月一日《聯合報》
一九九五年十一月四日《世界日報》

閱江樓

登斯樓而閱斯江（宋濂）

在新世紀第一個宜人的秋天
我登上了明太祖夢想中的閱江樓
登上了宋濂大學士妙思中的閱江樓
是這十代古都的子民使美夢成真

歷經六百餘年「有記無樓」的空窗期
後人方賦此「空中樓閣」以具體形象
看崇脊飛簷　樓閣因彩繪而瑰麗
群山拱抱　萬象森列

腳下是滔滔無極的長江水　千帆競渡
而時空幾度　生滅幾回
都在浪濤的連續劇中　甫上演即落幕
只有江水流日夜　奔赴汪洋大海

後記：「閱江樓」位在南京市下關區的獅子山頭，為二〇〇一年九月才開放的新景點；唯這座樓的孕育時間真長。話說明朝開國皇帝朱元璋，因在獅子山一舉打敗了勁敵陳友諒而對此山情有獨鍾，思建樓於山頂。他不僅自撰了〈閱江樓記〉，也令翰林大學士宋濂寫了一篇。雖君臣同為記，但樓並未建成。今人為結束這段「有記無樓」的長長歷史，斥資四千多萬，花了兩年半時間始建成。「閱江樓」總面積達五千餘平方米，高五十一米，成L型。登樓可觀賞長江風光，周遭景色無邊。

二〇〇二年一月廿六《聯合報》

周莊

一踏響那青青石板路
便進入了一座古樸的小鎮
鎮為澤國　因水成街　名為周莊
看那唐風宋水的古風猶存
煙雨江南的柔情尚濃

臨水高高的茶樓上
笑語伴茶香溢出木格紙窗
水牆門　橋樓　廊坊　河埠　水巷
拱橋處處　槳聲欸乃　船歌悠揚
歷來扁舟幾許緩緩地穿過水巷橋洞

俄頃
轉入了豪門世家的沈廳
——七進五門樓的巨宅大院
看「船從家中過」的水鄉奇異風情
留下古老文化的一片餘暉

二〇〇二年二月十二日《中國時報》「人間副刊」

杜甫草堂

沿著歷史的浣花溪西行
進入不朽的杜甫草堂
小橋還是伴流水
小園卻因千年雨水的灌溉而格外繁茂
拂面的垂柳　挺立的修竹
參天的古松　遮雲蔽日的楠木
眾木深邃的濃蔭　在大庇天下寒士外
更予頂著烈日來看望您的人以遮護

自從當年您「致君堯舜上」的遠大抱負
因落榜而幻滅　又遭父喪而生計無著
於是您落籍真正的貧戶：
「飢臥動即向一旬　敝衣何啻聯百結
殘杯與冷炙　到處潛悲辛」加上
戰爭逃亡　被俘陷賊　遭誣等重重苦難
直到您負薪採橡栗充飢一路流浪入川
您才暫時終止了無殼蝸牛的生活

那時　天府之國的成都富庶繁榮
慷慨的友情使您得以建此茅屋　在溪旁
林木森森讓您的居所甯靜幽深　連帶著
燕雀　鸛雀　黃鸝　杜鵑也都有了窩
春梅和秋桂為您吐霧芬芳的喜悅
清澈的池塘裡養了游魚　又植紅荷
在草堂您成為富饒的大自然的主人
——「多病也身輕」

這是您顛沛流離生活中僅有的景天
久久流浪的雲在此獲得憩息
老妻的眼中有陽光代替淚珠
一家大小不需再刻意地束緊褲帶
簡樸的田園居令您的精神果實更豐碩
暇日種菜栽花　泛舟垂釣或與友人
詩酒唱和　並與鄰翁田父話家常
過著「漸喜交游絕　幽居不用名」的歲月

安甯的日子何其短暫？
光滑的鏡面再次為生存的重拳擊碎
從此你揮別定居三年半的溫馨草堂
再度飄泊流浪　沿著無定的長江水
歲月在不同的城市與城市間輾轉流失

您還是居無定所　顛籔困頓
外加藩鎮作亂　朝廷黑暗　滿腔孤憤
一生的憂患和煎熬　俱化成血淚的詩篇

生活如此低檔　生命如此悲楚
甚至您用整個靈魂淬礪的詩還遭人漠視
——竟然被排斥在「唐詩選」之外
現在　您卻是高高天宇中最亮的一顆星
您所居住過的草堂已成為詩國莊穆的殿堂
跨過多少世紀的風雨　萬世流芳
此間花徑正收集萬方景仰的跫音
使光和熱不斷在人間蔓衍

一九九四年九月十一日《中華日報》

山和海都在期待

——瓊島一瞥

山和海都在期待
從漢初掙扎到現代①
昔日不毛的蠻荒邊陲
今為任眼目馳騁的綠原
欣欣的綠意　刻刻滴翠
更勝過椰液瓊漿的沁涼和快意

常綠的橡膠、橄欖和棕櫚垂下簾影
為你遮蔽環島公路上的烈日艷陽
纏綿難捨的青翠　層層的逶迤
連萍蹤不定的風也被染綠了眉睫
高地是上千種常綠闊葉天然林的原鄉
且任憑青峰奇巖縱容那激流飛瀑

南渡江　萬泉河　北門江……
所有的河均從神秘的「五指」流亡②
從島的中央向四方放射再奔流入海
——多麼美麗的圖騰

四周為寶石藍的海水環抱——
是一顆猶待細心琢磨的南海明珠

慷慨的綠意　伽南香等珍材的情殷
踏上椰風不住拂拭的軟柔金色織氈
沿著大東海月牙形的海灣　去看
頻頻夢著白馬王子「夏威夷」的
處女海灘——「牙龍灣」
昔日荒僻偏遠的海角天涯
也將蛻變成吸引世人的黃金海岸

當鳳凰展翅飛翔③
別忘了島上謙卑的小草
別稀釋海水的幽深和湛藍
別扭曲山林巨木族的原始身段
更要緊　當我們再見面時
你仍要穿著那襲蒨蒨如翡翠的綠衣
保留你不變的綠的容顏

註：

①遠從漢朝初年，海南島已正式進入我國版圖。

②此處指位於島中部的五指山，因五峰聳立如五指而得名，為島上眾河流的發源處。

③指位於南部三亞市正在興建中的「鳳凰機場」，該大型機場預定於一九九四年七月建成，（今已完成），因為他們決心要將三亞市發展成亞熱帶的觀光勝地；並憧憬他們美麗的海灘，能和夏威夷的著名海灘媲美。但願他們在快速的進步與開發之餘，千萬別破壞了大自然所賦與他們豐富的綠色資源。

一九九三年十二月一日《中華日報》

一九九四年二月九日《大公報》

【卷七】

南洋彩色

南洋彩色

總是大朵大朵肥碩的艷麗
總是大模大樣的大紅大紫大黃
配上深款的闊葉
在 For remembrance長長的草地上開滿了
而白日嬾嬾地在假寐
而下午嬾嬾地在撥弄熱帶地弦索
大幅密椽的椰子林啊
終年不熄的艷陽

就是那樣的民族　無論怎樣貧窮
也要在赤裸的窗框上掛滿了盆景與花
緩緩地走上那架高的扶梯
確如西班牙的古典！

註：菲律賓早年為西班牙佔領甚久，迄今處處仍留有西班牙遺風。又菲律賓鄉村居室多為二層樓的木造小屋，其型頗類似我們這兒興建大樓時，工人在工地臨時搭建的那種有閣樓的住處（工寮）。唯下層四周無牆，只留支柱，有小小的扶梯由底層直通二樓。

一九七二年三月

菲律賓

七千個島嶼都熠耀在奇異的光中
所有景物都像從金液中拖過一般發亮
這是東方中的西方
西方中的東方
西班牙古老的遺跡
美國人的輕逸
中國人的血
土著的顏色
花車般的吉甫尼滿載濃膩的豔紅與金黃
往復馳騁於南方不凋零的夏天。

教堂　教堂
高聳如畫　在每一大街的轉角處守望；
吉他　吉他
懶懶的七弦琴的歌唱……

多明哥·喬是貧窮的
卻有著黑亮的眼睛和遠涉重洋的願望
他總是說：「從台灣來的先生們真好」

一面他跳著舞以椰子殼打亮我們的居所

養活他的父母和手足——

多明哥在星期日也必須工作！

四方城鎮

我們在四方城鎮中急馳
在灼熱的土地尋找清涼
我們的車在平原奔馳　去向那山中城市
雲的城鎮在空中　綠色的城鎮在四週
還有一個藍天的美麗城市
湖的城鎮在二千公尺以下　偃臥在神祕的氤氳裡

一切都是實體
一切也都似幻　車行竟日
原野是永恆的黛綠年華
不倦的少女的青春　閃爍在無盡的金陽裡
而菲律賓人如鳥巢的居室流過
蔽日的椰子林流過……

而低低的木瓜樹做成一個可人的丰姿
挺直的枝幹　如葉的髮式
而連綿數里的雲正在天際變幻
如綿羊的白　如玫瑰的紅
成千成萬羅列的島

一片海天蒼茫……

一片海天蒼茫
我們急奔向夜涼如水的山岡
黑了車轍
黑了金色的平原
我們要急速走盡平原
去登萬山之頂　到那燈火輝煌處。

碧瑤

去到那山中城市　夢裡城鎮
如眠於松風和童話中的城——
在燒焦了的六月天　馬尼拉汗氣蒸騰
萬山之上　松林都市是一顆清涼的綠寶石

那是一座覆滿延命菊的花園城
在九曲迴腸之上　在彩色的雲上
松林旅社童話式的客廳在等待著
牆上懸飾著伊戈羅人木雕的頭像

山中晨早　一脈汩汩流泉般的沁涼
別墅們花朵般地在山坡谷間開放
那紅色的教堂燦爛如一朵欲焚的太陽花
千里達谷[註]正閃耀著黃金底光

等月色如水浸溼了山坡
晚禱的鐘聲溶入湖水
我們再回去　渡海峽回故里
像飄下山岡的一朵雲……

註：千里達谷為碧瑤附近的金礦區。

祝福

——給獅城文友以及他們所關懷的華文文藝的前途

像一場盛宴散了
像一場驟雨熄了①
——離情未歛。

風過後　波紋一圈圈擴散
花放後　種籽深埋在泥土
啊，祝福是滿溢的
因為友情無限……

就把記憶掛在兩旁豐盈的雨樹上②
笑鬧的陽光中記得
微涼的雨中也記得　而且
燈籠般亮起了
每一黃昏後。

果真我記得：
記得很多具體的事物
舞蹈與團扇

風箏遇小雨③

記得很多抽象的情愫

晚風中的吟唱

以及一盞盞五月繆斯的笑臉④

咳，月落大地牛車水

一份古老的悠遠的情愁⑤

要等春雨將睡眠的種籽叫醒

——那滋潤的春雨。

因為少年繆斯的情懷濃了⑥

餘音繞梁不斷……

白髮蕭蕭時　倘你再回來

這裡必已輝煌成萬花綻放的林園了。

註：①指本年初在新加坡召開，被他們報界譽為「八方風雨匯星洲」的、既緊張又熱烈的「國際華文文藝營」活動。

②新加坡寬廣的馬路兩旁，時見高大茂密的雨樹，形成一片怡人的葱翠。

③是整個文藝營活動的緊密日程中，僅有的兩次輕鬆節目。一次是由「新加坡旅遊促進局」招待我們去看他們的民族舞蹈，那天的午宴也是他們招待，並贈每人團扇一把留念；另一次則是看了一下正好也是在新加坡舉行的世界風箏大賽，這是大會工委會臨時為我們安排的，不巧的是那天有一陣陣小雨。

④指新加坡「五月詩社」詩人們的友誼，女詩人淡瑩亦屬之，且是五月詩社唯一的女詩人。

⑤「牛車水」為早年中國人移居南洋時，在新加坡最先落腳並發展出來、具有特色的一處地方。現已日薄黃昏，很可能不久後此一地區將完全消失，代之以新興的高樓大廈。

⑥指三位因白天找不到空隙而夜訪我的青少年作者，以及此次華文文藝營所留下的無形的影響。

一九八三年三月二十六日《中華日報》

【卷八】

金閣寺

揮別古老的漢城

曾經古老的漢城　古樸不再
愛穿白衣的漢城如在夢裡——
花飛滿城的五月
雨濕棧道的迢遞　如煙迷離
漸遠漸稀

漸遠漸稀
此去未再見「南山」青翠
當摩天樓春筍般稠起來
稠起來　愁起來
「巨無霸」在大氣中升起⋯⋯

一九七九年十二月八日《聯合報》副刊

日本古城印象

都是些木質小樓　踢踢拓拓的木屐敲出節拍
——即使莊嚴的寺院亦不例外　在東洋。
我好喜歡那原始木頭質樸的感覺，
卻不一定欣賞木偶人樣你起我伏不停地鞠躬。

一九八一年六月二十三日「聯副」

金閣寺

空氣何脆薄
金閣何清癯
她傍倚不動山的翠嶺
（背景深濃因松檜）
時時以澄明湖水照她的倩影
啊，也是一朵秀逸自戀的水仙！
看林立的纖柱如金色弦琴
潮音洞的穹頂上有天人合奏的餘音
當蓮沼池的水急切流入鏡湖
映印出整幢金閣玲瓏透剔的形象。

難道她真是那預定的美的凝鑄？
艷陽從天頂鋪敘
冷月在湖心沉潛
夜之黑潮擁住金閣
冬的積雪也會使她暫白頭
啊，和粗糙的人生相比
金閣何巧麗！
當彼挾那襲金衣浴於陽光的火焰

一片紛繁密奢的閃爍令人目眩
煌煌的金閣　凌人的盛氣裡
所有細緻的美皆向我隱藏。

某年某日的下午
我去訪她在雨中
隔著鏡湖池　我和
金閣面面相覷
在瀲灩波光與參差荇藻間
金閣散發那幽玄的美　神秘的光
霧嵐低飛在鏡湖之上
似隱逸出家人灰色的袈裟
而近在咫尺的金閣　美艷如哀愁
更像一遙遠難以企及的夢……

然而她站立在那兒
金碧輝煌的金閣寺　與
禪宗的鹿苑寺合為一體
在她純淨的美中
是否也有欲望？
偶見西方蓮沼池的水奔流
形成小小的瀑布注入鏡湖
水流閣不移　一切在靜靜的水上運行

就懷疑那金閣是實體？
還是用心構築起來的美麗虛無！

雖然承荷著世紀的風霜
背倚夕佳亭從容的薄暮
看盡了人間過客一批批遠去的身影
正如她看膩了這大庭園中的花開花謝
而這兒的樹木、繁花、青山、綠水
俱為她服役　為她謙卑的侍從
而她外爍的美曾經困惑人們的眼睛
令未修成正果的僧和俗都要心動
因為那不平凡的美具有毀傷的力
如深深銅鐘撞擊。

雖說除美以外
瀰漫在那兒的只有虛空　日居月諸
並無任何經典其中
（曾思閣中如藏經般藏著很多故事的）
是甚麼樣的哀愁融化在金閣的結構中？
唯見變幻不停的雲影波光　徒勞星霜
兀立金閣的尖頂　永遠振翅欲飛的
一隻活過五百八十餘歲的金鳥　孤獨地
仰首昊天　意欲泅泳時間遼闊的海

就像人類意志恒久的詮釋　鳳凰不死。

註：位在日本京都西北隅的金閣寺，為一座三層樓閣式的古建築。除第一層外，全身飾滿金箔，至為輝煌奪目。其最上層的尖頂上則高舉著一金銅鑄成的鳳凰。此閣初建於一三九七年，曾於一九五〇為一少年僧人舉火焚毀，據說是忍受不了她底美。三島由紀夫即據此事跡寫下了他那本小說名著「金閣寺」。焚毀的金閣寺於一九五五年修復。我有幸親見其美，遂成此詩。

一九八二年五月廿一日《中央日報》

【卷九】

孔雀扇

哀印度

源遠的恆河水
曾孕生出那偉大的聖哲形象
枯瘦　虔敬
所需（衣服或食物）不多。
奇怪，怎麼滿街都是瘦削削如你的形象
——您底子民苦修在飢餓中

真的，滿街都是您枯瘦的形象
但有幾人擁有如您的靈魂？
當赤腳的兒童或捲髮的女郎
毫無顧忌地向外人伸手索取盧比或美鈔
古印度的薄暮是淒涼的　要到何年何日
妳那身後拖著的貧窮尾巴才能脫落？

一九八五年三月《鍾山詩刊》

孔雀扇

用寶石光的複眼覷我
用迷人的滿月面誘我
那一扇又一扇的孔雀扇
以孔雀藍的古典和眾樹的碧翠
隱隱地繪刺
那孔雀王朝的盛時。

買一束孔雀扇帶回去
讓友人也看見
這超越時空的美
——當夏日團扇輕舞
風吹醒盛放的蓮
也驚起湖面蜻蜓

嘆盛放的美艷禁不起跋涉的風雨
——從黃金的過往到紛亂的現代
關山萬里
我攜回的孔雀扇翎羽凋零
正如那盛極一時的孔雀王朝

渡過時空　僅剩殘骸。

一九八七年三月廿四日《中央日報》

【卷十】

伸入沙漠黃昏的路

伸入沙漠黃昏的路

當黑蝙蝠的夜慢慢飛臨
首先必須渡過這黃昏的海洋

沙漠是昏黃臉容的海
而黃昏令沙漠的幅員愈形擴大
廣漠漫浪得令人難以抓住方向
古典圓月的小小燈籠只是象徵的光
難以燭照我們前行的腳步……

看，沙漠上是誰畫了一條直線[註]
茫茫中使沙漠有了歸依
我們的陌生之旅也才有了目標和方向
當我們的車在瀚海中捲浪前行
向那時間深處去探詢古埃及的神祕！

註：指沙漠公路。

一九八七年元月《藍星》詩刊

寂寞的歌

走進無垠的沙漠了——
　濛濛的黃沙打濕我衣袂，
駱駝的腳步是那樣緩慢啊！
　我的心因淒涼而戰慄。

但我催不快胯下的牲口，
　須耐牠一步步走盡！
那麼——
　讓我點起一支寂寞的歌，
將無垠的沙漠劃破。

【卷十一】

北美洲的天空

北美洲的天空

果真外國的月亮不比我們的圓；
而山光水色殊異——
我總算能飛起來看世界
（不、開眼界）
——北美洲就在腳下

就這樣我們飛去
向異國天空的廣漠
從一個空港到另一個
追著加速度的朝陽[註]

北美洲攤開像一本大書：
我讀其山嶺的峻高，平原的遼闊
美麗如畫裡的住家　以及
不斷想打破爬升紀錄的摩天大樓
而工業文明老是用它震耳的吼叫
衝擊大鷹高飛的翅膀……

啊，我早就想讀這本書了

（有人的允諾比紙更薄）
直到我工作了四分之一世紀後方讀得起它

因為是雲的遨遊
便採用了風的速度　而不是以
研究生的態度　我讀北美洲。

註：由於時差關係。

一九七六年九月

奔騰和凝固

——寫尼加拉瀑布的兩種風貌

那獷悍的巨流　走高岡
他豪情萬丈
以一字排開的馬隊列陣　呼嘯而下
響起了萬馬奔騰的怒吼
沉沉轟隆的蹄音回響不絕……

怡人的涼陰軒昂得叫人眩暈
那樣巨幅的素匹掛在山嶺
嘯風動雨　以赫赫裂帛之聲勢

鏗鏗洪鐘底聲喧　抒寫它激越情愫
任怒瀑慾潮連連拍擊著崖岸
拉起了萬丈驚險和死亡在深谷遊戲

而突然　這一切都沉寂下來
皚皚如雪的煙霧凝固
衝濤轉為不動的琉璃　那不舍晝夜的傾瀉
遂在剎那間趺坐成凝冷的山岡

啊，怒威同懯　天寒地慄

這是人間最偉大的凝眸
雄辯滔滔的你竟會噤啞　寂然而無聲息
力與美俱被凍僵　於凌厲的冰霜
那巨大的靜默遂被雕塑成形
我們便捕捉那珍貴的寂靜！

小記：去歲隆冬，北美洲遭遇空前的大寒冷，竟有許多人凍斃；連滾滾不息的尼加拉大瀑布也會結冰，真是奇景中的奇景哩！

一九七八年元月《藍星》新九號

密歇根湖上泛舟

如此幅度　這等廣漠
藍又藍
接目是一望無邊的煙霞

水天無垠　波光千萬
都緣激激的小艇
道破了萬頃蒼茫

你龐然大物
藍波恣意流
意象在我底經驗之外
教我難以描繪

為你不是我故鄉的湖水：
朵朵蓮豔　田田綠荷
使山色湖光更媚嫵

祇是我已無法將那些留住
——它們都從我流失已久

恰如我難以留住這一刻的時間和我

過渡　過渡……
看船舷外有微斜的白帆如鷗
正成群地掠過盈溢的碧波
使你短暫的航程如畫。

一九七六年十一月

下雪的愛荷華

終於雨絲夾著雪意來訪
專訪即將離去的歸客——
鄉心和童年的雙重呼喚

雪片飛舞　淋漓盡致
上下左右將我們網住　直到腳踝
這樣地鋪天蓋地

沒帶雨具　也無雪衣
我們匆忙進入The old capital center——
不辨方向的詩人最能到達的場地

午後走出大廈　城市煥然一新
到處覆滿潔白厚軟的羊毛氈裘
界碑俱泯滅　沒有巴士的消息

天地渾然　直到雪霽
所有的美方完成——

一座滿頭白髮潔淨無比的城。

一九九二年十一月下旬

愛倫坡墓園憑弔

在巴的摩爾城廂一角：
愛倫坡靜靜躺著——
在低矮紅牆與濃翠宿草間
睡眠深深。

昨天　來自東方和西方的詩人
曾經在以您的「名」命名的大廳朗誦；
今天　我們列隊穿過驕陽焚灼的大街
進入你安息的墓園憑弔……

你躲在寂靜的樹蔭下默默　祇聽蟬叫
漠然於來自墨爾本古姓老人模糊不清的朗誦
啊、縱然全世界詩人在此聚會
愛倫坡依舊寂寞

不管我們帶來的鮮花和禮讚有多少？
你的墓園仍舊小小
（當和都市裡的公共建築物相較）
你的生前還是潦倒

猶記當年　情感無著時
往依寡居此城中的姑母和小表妹維琴麗雅
後來纖弱如茉莉花的小表妹成了他早夭的妻
也成了他作品中許多「紅顏薄命」的影子

他寫下了奇絕的詩文無數
也受盡了生活的煎熬　突然有一日他神秘地失蹤
被人發現時已昏倒在巴的摩爾街頭
有人說他醉後被搶劫　也不知是真是假？

時光已過去一個多世紀
沒有甚麼從他底「死」被提升
巴的摩爾依舊是一座粗糙的城
充滿了搶掠、暴力與黑色的驚悸

而世事愈益紛擾
更大的憂患正等待考驗廿世紀的詩人
——無論是火的考驗、水的試驗
我們都必須面對……

但您已將痛苦的歷程
凝塑成不朽的詩魂

那就靜靜地安息吧　一睡千愁解
在低低的紅牆與濃翠的宿草間。

小註：一九七六年六月廿三日至廿七日，第三屆世界詩人大會，在美、馬利蘭州巴的摩爾城召開，廿六日下午全體與會代表曾徒步往謁愛倫坡的墓，墓園甚小，但很幽靜。

一九七六年七月廿日

【卷十二】

维尼斯波光

維尼斯波光

瘦削的小舟
宛如一群低飛的蚱蜢
漾起　漾起
盪漾起水的波光無數

啊，在奇異的水上
在多民謠的島
在古代的春天
在域外的澤國

一整座維尼斯城都坐著
粼粼波光
她坐著在眾水上
在眾水之上寫她的名字輝煌

你是否願隨我行
駕一葉扁舟——
小小的「公渡那」月如勾㊟
穿過那數不盡的拱橋水域⋯⋯

幾疑那就是江南水鄉
幾疑那就是古代的蚱蜢舟
濃妝淡抹的西子都無憂

一整座維尼斯都坐在水上
一整座城裡都是那水上人家
高聳的塔影　金碧的宮殿
「聖馬可」在迷離的晚風中
渲染出琥珀的光　於古羅馬的黃昏裡

花在兩岸
橋跨河上
多水多花朵的城
多雲彩多虹橋多夢的城
只是左搖右晃　前顧後盼
都不是那江南岸

不是江南
不是玄武　亦非西湖
——不見我熟悉的蓮荷

返回時光隧道　在你輝煌時刻

唯此刻暮色已至　盛景難再

我們走過也不再回頭！

註：公渡那（Gondola）是維尼斯特有的輕舟，兩頭尖尖，船身瘦瘦，船身黑色描金，十分地輕盈美妙，人稱「情人之舟」。

一九八二年九月六日《中央日報》

沃拉村

——謁鋼琴詩人蕭邦故居

一座寬廣幽深的庭園
一座中產階級的居室
一顆敏銳無比的靈魂在那兒
誕生！

穿過了世紀的風雨
你琴韻的燭焰未曾熄滅
似幽美的月光灑滿庭階
雨珠樣透著晶瑩　也滴下淒清

庭前伴你成長的櫟樹依舊青翠
整潔的居所裡依然訪客不絕
但纖弱清癯的主人已去　啊，跫音
漸遠
琴音不斷……

註：一代樂聖蕭邦，出生在距波蘭首都華沙約五十多里的希拉佐華．沃拉村，那兒庭園深廣，小樓靜寂，景色幽麗。

一九九〇年九月十九日《新生報》

黑海上的晨曦

縱使濃稠　如
魚子醬的黑海　也當有
白晝來臨！

無邊蒼茫的天宇
一架小小伊留申機翼的上方
一顆母性般溫柔的啟明星
正殷殷地啟導並守護著
人類心中的黎明

夜的黑水奇蹟似地被劃開了一線
從這一線　濃墨慢慢變化淡褪
我終於看到了那微曦的蛋白之晨

一輪朝日突然躍出雲海　升高　更高
靜靜的頓河便全然摔脫它被蠱的夢魘
看雲的海岸正滾上鮮亮的淺黃與
橘紅色的金邊　直到地平線的盡頭
預示廿一世紀全人類美麗的明天！

註：本年隨『太平洋文化基金會』「中華民國作家學人蘇聯東歐文化訪問團」前往這些國家訪問。首站為莫斯科，當飛機飛臨黑海上空時有感而成此詩（當時，蘇聯共產主義社會尚未解體）。

一九九〇年九月十日《聯合報》

藝術家

我們藉著你的翅膀飛翔
升起於一片雲海之上
緩緩地浮過萬重山崗

有時它自已便是那萬重山崗
沒有人知道這山嶽中的高峰和低谷
恰似為萬年積雪掩覆的深山一樣

往往它是廣闊的草原　無邊無際
牧羊人在淺草深水的牧場上
輕輕地點著他的手杖　點著群羊

咳，雲是天際取之不竭的白石哪！
雕鏤了多少人間形象
請讓我知道那雕刻家的名字

難道他不肯留下名字？
他不斷創造又不停摧毀他底傑作
難道他竟如此地無視於永恒？

其實他也是善於用色的畫家
最長於潑墨山水　以及繪
較正午光芒更奇麗的夕陽

你看見白晝和夜在天邊交接的偉象
沿著整個海岸垂落鮮紅茜金的桌巾
——黃昏是被命定了的監交人

於是　他用整瓶墨汁
把殘留的絳紅與金黃一股腦塗沒
我遂拉上窗帘沉入椅座中的睡鄉

一九七七年夏天（英倫飛漢堡途中）

【卷十三】

月之初旅

變異的月亮

古早的月常圓
——月的另一面是瓊樓玉宇
那美好的人生極致啊！
「月圓花好」
激引著世人永恆的憧憬
詩人墨客無盡的仰望。

今世的月常缺
——月的另一面是荒涼的髒海灘
充其量也不過是掛在天空的
一盞紙燈籠
一戳即破的蒼白象徵
當人發思古的幽情時。

一九八八年三月《文星》雜誌

月之初旅

距離是美　那廿五萬哩的隔離
使月享有了千古的美麗和神祕
高懸著無盡的神奇和神話

當地球這古老的世界已經陳舊
人們便開始嚮往　那遠在廿餘萬哩外的新娘
羨她不凋的年華　在一沒有風霜侵蝕的世界

啊，當人類開始投他的影子於月球
當阿姆斯壯怯怯地放下那第一步
月色溫柔的美突然被揭去……

於是有人嘆息
嘆天空的神話已滅　月的處女地已被沾染
詩人歌頌的題材已竭

啊，我們的歌聲正在開始
當人類的腳步踩響了月宮的寂謐
月與地球的距離更會接近

有一天　當地球上的人來訪月
就好像緊隔壁的小男孩來找
他喜歡的女娃，往另一個星球玩耍一樣！

親愛的老地球

——擬太陽神八號探月之旅

走出了地球
走出了我們與我們的始祖
生於此死於此的老地球——
當我們去探月！

這真是奇異的旅途：
當我們走上人類從未走過的軌道
月的軌道　神話中才能想像的軌道！

月亮如被廢置的荒涼海島
像數千年從未有人打掃過的髒海灘
不見嫦娥的一角彩衣，
不聞吳剛的一聲低嗽。

而看不遠處我們親愛的老地球，
其圓如我們童年玩耍的大皮球。
其上居住著蜂窩蟻穴般的人類，

珍藏著人類龐然的文化和歷史！

於是我開始懷鄉——
懷念那可愛的充滿陽光和色彩的老地球
我們業已超昇　但願還能謫降
重回太空中最美麗的那顆星！

太空葬禮

那是一種怎樣的葬禮？
起始與終結
開拓與毀滅
竟於剎那間完成

正當希望節節騰飛　向
無窮盡的太空
光華四溢！　驚天動地的一擊
——億萬仰望的臉立刻轉為
哀慼

也有春花或雛菊的臉　正靜待
他們的「太空女教師」　為他們
解開太空的奧秘　竟
突然被蒙上一層死亡的謎面

最傷情　是她六歲稚女蘋果般的臉
日日倚窗翹首仰望
望斷雲天　萬里金星今已墜落

高山大海再也拼湊不出媽咪的
形像！

附註：一九八六年一月廿八日上午，美國太空梭「挑戰者」號，於發射升空七十五秒鐘後，突然爆炸，機上七名太空人與太空梭同歸於盡。其中包括一位女教師麥考莉芙，為將她親身經歷傳述給千千萬萬在校學生，激起年輕的一代對太空探索的興趣。惜不幸失事，她和她的伙伴全都化身為熾灼的火光，慢慢在天空消失。

一九八六年四月《藍星》第七號

【卷十四】

蟲、魚、鳥、獸的世界

蟲的世界

——蚱蜢的畫像

我在夏的枝頭獨坐
高高地蹺起我的腿　亦
南面王一個。

這刻是盛夏　而
我底王國極其繁昌
真不願用我豐盈的綠色世界
去和人類污染了的世界交換！

他們——
常常要吃煤煙的廢氣　和
同類的悶氣；
我卻享有晶瑩的仙露
常和芬芳愉快的花朵為伴。

一九八三年元月二十五日《秋水詩刊》

雀鳥的家園

鳥是樹的音符
樹是鳥的家園。

至於那水畔的蘆葦
城內無所不在的電線
都是麻雀偶然棲息的旅舍；
因為鳥都是即興的旅行家
常常三五或十餘隻成群
結隊去旅行……

牠們是有群性的飛禽
喜歡落腳在同一處所
鄰近的枝條上　為便於
牠們的吱吱喳喳

興起時輒展撲雙翅
划一路風景而去
直到暮色臨近

樹便在茫茫的天空裡
伸出接引的膀臂

一九八四年二月《大地註》

回大海去

——迷途幼鯨的悲歌

回大海去
歸去　我故水
——那片藍色盈溢的世界

啊，回到我出生的海洋
——我走失了的家邦
鯨族安身立命的地方、

這兒　人類的港灣又窄又淺
我無法好好轉動我被禁錮的身軀
驚惶時常做死亡的夢

真不該為了好奇而離開了故土
爸爸一定在深海的家猛發我的脾氣
媽媽一定焦急得不住地落淚

（一隻年幼的抹香鯨
從來不怕海洋的狂風激浪

唯恐會窒息於人類陌生的池塘）

總算人類並不如傳說的那等殘酷
他們也有一顆善良的心　我知道
只是不懂得從何處著手助我？

一定要回去我出生的海洋
我溫暖的家是我熟悉的水域
這兒我孤苦地掙扎於人類盲目的喧嚣

我的鼻頭撞傷了
我的方向感失落了　白晝慢慢燃盡
我將永遠不能回到汪洋大海的家了

附記：開春以來，一條因迷路而闖進了臺中港的幼鯨，無視於人類想幫忙牠返回大海的意圖。經短短數天盲目的掙扎後，雖游出了臺中港，卻因擱淺在大安鄉海水浴場北方的沙灘而死亡。人們發現這條死去的幼鯨時，滿身都是傷痕。

一九八六年四月二十三日《中央日報》「海外副刊」

駿馬

無論何時
你的出現
總是一片耀眼的光華
朝暾般升起人們的仰望

一聲嘶吼　盡收原野美景於眼前
你迅疾的蹄音　是躍動的風雲
越過牆籬　穀場　山岡　原野
花朵們便一路欣然地展放過去……

絕非檸檬的淡影
是夏天全體石榴的紅豔
唯人們的眼尚來不及追蹤
你已絕塵而去　天廣地漠

啊，那大世紀的風采
那飛揚地舒暢　而風湧雲動
一出鞘勢必中的
一起步世界便落在身後

馱你的願望於四足不停的奔馳

直到躍馬中原　跑遍了祖國壯麗山河！

一九七八年二月「聯副」（八駿圖詩展之一）

【卷十五】

水流花放

水流花放

——一九九三年秋末冬初記事

花只有在自然開放時最美
小河彎彎流方到達了終點
而水流花放的神韻　是
富饒的神韻　是
屬於春天的
難再的神韻

島是喧囂又窒息的長夏
宛如被攪翻了的蜂窩；
秋則無情地冷漠
有人擁戴離譜的現代

在花應甜美的記憶裡　不識
水的氾濫狂濤　而
今夏乾旱　寂默
無語　無雨
秋來時　歲月已老

美夢已遙
都緣常常變異的水的面貌

於是有醉得不能開交的
紅葉　凌駕
春花
彌縫了秋冬之間
那一條灰白的窄巷　緊接著
聖誕紅接替了楓紅　在十二月
成為歲月人間最後的救贖
又是一年終了！

一九九三年十二月八日《中國時報》
一九九四年二月六日香港《新晚報》

石榴

忍受熾灼的夏陽
顯映的不是成熟的甜
而是痛苦的爆裂
啊，石榴滴血
粒粒紅殷……

當立足的園內園外
狂囂著風沙
不斷碎石塵泥的襲擊
無盡損傷
整個藍空向我隱藏。

一九八一年八月《藍星詩刊》新十三期

紫葡萄之死

將一串紫葡萄　拆散
洗淨　盛放在白色深瓷盅中

飯後　從瓷盅中
一顆顆拈來送入口中
那飽滿多汁的顆粒
經常在消逝前流出紫色的汁液

它們如此消失　正像
紅臉膛有血性
人類之逐一消逝——
於未知之時　突然間
被一隻無形的手指攫住
結束了或長或短的一生

當手指沿著瓷盅邊緣
一顆顆拈取命運中的葡萄粒
那遠處的正不必矜喜　水流琤琮
不久　你將同樣感受到

先入我口的那些
葡萄的況味　雖說

輓幛中最正常是
「老成凋謝」　常規中
卻也有逸出的例外　於
偶然　我心血來潮時　從
底面任取一顆放入口中
宛如那夭折的年少！

唉！它們全然不悉　這一串葡萄
在離別樹身時　便已預約了死亡

一九八三年十月《宇宙光》

看你名字的繁卉

訝異於一粒幽渺落在泥土　垂實成穗
看你名字的繁卉！

倘若你能窺知。

假如你偶然地閒步來此
你就聽見溫柔的風中正充滿
你名字的回音……

從春到夏每一夢靨
都有你名字靜美的回聲
從二月的水仙到川流的六月蓮菱
在綠蔭深處　在丁香垂掛
不為甚麼地芬芳　不為結果
不為甚麼地叮叮噹噹

真的，緣何遍處皆有
你名字叮噹的繁響　在晨與暮
以片片綠葉交互的窸窣

如此閃耀在露珠和星輝之間
如此地走過紫色的繁花！

國家圖書館出版品預行編目資料

眾樹歌唱：蓉子人文山水詩粹／蓉子著. --
初版 -- 臺北市：萬卷樓，2006[民 95]
面；　公分
ISBN 957－739－568－6 (平裝)

851.486　　95010452

衆樹歌唱

—蓉子人文山水詩粹

著　　者：蓉子
發 行 人：許素真
出 版 者：萬卷樓圖書股份有限公司
臺北市羅斯福路二段 41 號 6 樓之 3
電話(02)23216565・23952992
傳真(02)23944113
劃撥帳號 15624015
出版登記證：新聞局局版臺業字第 5655 號
網　　址：http://www.wanjuan.com.tw
E－mail　：wanjuan@tpts5.seed.net.tw
承印廠商：晟齊實業有限公司
定　　價：160 元
出版日期：2006 年 6 月初版

ISBN 957－739－568－6